I0686253

LES LARMES

DU PRISONNIER

POÉSIES

PAR LOUIS BASTIDE

Auteur de Tisiphone, de Pythonisse, de la Vie de Talleyrand, etc.

PRIX : 1 fr. 50 c.

PARIS

CHEZ L'AUTEUR, RUE BELLEFOND, 20.

ET CHEZ TOUS LES LIBRAIRES.

1854

Y

Ye

15007

LES LARMES

DU PRISONNIER.

PARIS

Imprimé par les procédés mécaniques d'ADRIEN DELCAMBRE et Comp.
breveté en France et à l'étranger
imprimeurs de
l'*Abeille impériale* — le *Messager des modes et de l'industrie* — la *Pléiade*
le *Moniteur dramatique* — la *Gazette des dames et des demoiselles*
Paris chez soi — Le *Courrier du Commerce*
le *Musée chrétien* — le *Musée religieux*
Voleur-Cabinet de lecture — le *Dictionnaire religieux universel*, etc., etc.,
composés par les pianotypes, 15, rue Breda.

LES LARMES

DU PRISONNIER

POÉSIES

PAR LOUIS BASTIDE

Auteur de Tisiphone, de Pytonisse, de la Vie de Talleyrand, etc.

PRIX : 1 fr. 50. c.

PARIS

CHEZ L'AUTEUR, RUE BELLEFOND, 20.

ET CHEZ TOUS LES LIBRAIRES.

1854

AVANT-PROPOS.

J'ai hésité longtemps avant de publier *les Larmes du Prisonnier*. Décidé à dire à jamais adieu
à la satire politique parce que, battu trop cruellement par la tempête, j'ai besoin de repos, j'ai
craint, cependant, qu'on ne vît dans cette publi-
cation le désir de jeter des récriminations contre
la justice ou contre tels ou tels personnages éle-
vés ; mais en me déterminant à mettre au jour ces
loisirs du prisonnier, je commence par déclarer
que, si j'ai subi une condamnation injuste, je n'accuse que ceux dont les calomnies , enfantées par
de vieilles rancunes ou par l'envie, ont entraîné

la justice à me frapper aussi cruellement. En effet, pendant vingt ans j'ai manié le fouet de la satire avec une vigueur qui m'a fait beaucoup d'enne-mis. Frappé plusieurs fois de fortes condamna-tions pour délits de presse, j'aurais dû croire que la haine et la vengeance n'avaient pas d'autre tri-but à me demander. Je m'étais trompé et je viens d'en faire la plus cruelle expérience.

Dans le principe de mes publications satiri-ques, j'ai pu être quelquefois un peu trop acerbe, je dirai même violent ; mais j'étais jeune alors et mon exaltation prenait sa source dans les plus profondes convictions, pourtant je n'avais jamais rêvé le triomphe de mes principes que sur de bases belles et grandes. Lorsqu'un jour ce triom-phe a été accompli, je n'ai pas hésité, soit comme président d'un club, soit comme capitaine de la garde nationale, à élever la voix et à marcher contre ceux qui, rêvant l'impossible, me parais-saient compromettre le bonheur de mon pays.

En juin 1848 et en juin 1849, ma conduite m'a mérité l'estime et la considération de tous les

honnêtes gens, et ma popularité s'en est accrue ;
mais les envieux ne dorment jamais ! les calom-
niateurs ne sommeillent pas non plus ! Ils sont
parvenus, à l'aide des plus indignes et des plus
fausses dénonciations, à me représenter comme
un ennemi du repos public. Les préventions pro-
venant de mes condamnations d'autrefois, de-
vaient avoir une influence désastreuse, influence
que je conçois tout en la déplorant. Dès lors mes
services rendus dans les moments difficiles ont
été oubliés. Les juges sont hommes, les préventions s'insinuent parfois, malgré eux dans leur
esprit et, ici, je dois le dire, le plan de mes ennemis avait été très-bien conçu pour amener
un résultat fâcheux, même pour mon honneur.
J'ai été condamné à deux ans de prison que je
viens de subir dans une maison centrale.

Je n'ai connu, que depuis que je suis libre, les
moyens employés dans le but de me perdre. Je
le répète, je n'accuse pas l'autorité. Je ne peux
ni ne veux accuser que des gens qui étaient
sous mes ordres dans la compagnie dont j'étais

le chef, et qui ont employé les moyens les plus honteux pour se venger de ne pouvoir pas posséder l'estime et l'affection dont je jouissais.

Maintenant, je ne parlerai pas ici de mes tortures morales. Tout le monde comprendra ce qu'elles ont dû être pour un homme qui a toujours tout sacrifié à l'honneur. Du reste, *les Larmes du Prisonnier* que je publie aujourd'hui expriment les sentiments que j'ai éprouvés.

Je pardonne à mes ennemis, parce que je crois que leurs remords m'ont assez vengé. J'ajouterai que, pendant ma captivité, comme depuis que je suis libre, les hommes les plus recommandables m'ont témoigné de toute leur sympathie et m'ont prouvé que je n'avais rien perdu dans leur estime. J'ai enfin pour moi un jugement au-dessus de tous les jugements humains, c'est celui rendu par le tribunal de ma conscience.

SOUVENIRS [1].

ÉLÉGIE.

O temps heureux de má jeunesse,
Temps si riches de souvenirs !
Où sous la main de la sagesse
J'alliais l'étude aux plaisirs !
Où la gaîté, pleine de grâce,
Déployait ses jeux séduisants !...
Ah ! votre tableau me retrace
Un heureux sort, de doux moments !

[1] Quand j'ai fait cette élégie j'étais dans le paroxisme de la douleur ; c'était trois jours après ma condamnation et au moment où pour la première fois de ma vie, j'ai ouvert mon cœur à toutes les conséquences du désespoir.

Ici, sous le ciel de Provence,
Gémirent mes premiers accents ;
Ici, frôlant la mer immense,
J'écoutais ses flots mugissants.
Là, des oiseaux la voix si belle
M'apprenait des chants inconnus !...
Qu'avec plaisir je me rappelle
Ces temps que je ne verrai plus !

Alors j'envisageais la vie
Sous ses plus riantes couleurs !
Alors l'espérance infinie
En jonchait la route de fleurs !
A vingt ans le bonheur invite,
Et l'on s'endort sur l'avenir....
Ah ! le bonheur se sait bien vite !,
On apprend toujours à souffrir !

Lorsqu'aux premiers sons de ma lyre
Je vis s'attendrir la beauté,
Emu par un divin sourire,
Mon Pégase fut emporté
Sur le chemin qu'ouvre la nue
Pour arriver à l'Hélicon
Où j'inclinai ma tête nue
Sous le baptême d'Apollon.

Alors quelques miettes de gloire
Vinrent s'arrêter sur mon front,
Et j'acquis la douce victoire
Qui naît de l'éclat du renom!
Ma muse osa glisser sa sonde
Dans les replis du cœur humain,
Et sur les vices de ce monde
Sans crainte elle apposa sa main.

Hélas! du plaisir de tout dire
On m'apprit à solder les droits!
Le fouet vengeur de la satire
Se brisa sur l'écueil des lois;
N'importe! je levais la tête,
Et j'étais fier de ma prison!
De l'honneur j'étais l'interprète
Et j'avais pour moi la raison!

Mais terrible fut la vengeance
Contre mes chants de liberté;
Et depuis vingt ans je dépense
L'obole de l'adversité!
Sous les coups de la calomnie
Et de la ruse aux nœuds coulants
Chaque jour de ma triste vie
Voit naître de nouveaux tourments.

Hélas! j'avais cru que la haine
Avait complété son butin!...
A sa remorque elle me traîne
Et tient mon honneur dans sa main
Vainement je veux le défendre...
On le salit dans les égouts!...
Mais la justice va m'entendre....
Oui..... je gémis sous les verrous.

Il est de ces mots qu'on affronte
Avec courage et sans pâlir;
Mais mon front courbé sous la honte!...
Ah! mille fois plutôt mourir!
Mon cœur est pur! oui! mais le monde
Auprès duquel on m'a perdu,
Ne sait pas la ruse féconde
De ceux dont la dent m'a mordu.

Objet de mépris sur la terre
Quand je ne l'ai pas mérité,
Courber mon front dans la poussière,
Dans la honte et l'humilité!
Non! j'a vidé la coupe amère,
Il n'en saurait plus rien sortir!
Prends ton essor, âme légère,
Il ne me reste qu'à mourir!

Adieu! fugitive espérance!
Adieu! rêves du temps passé!
Adieu! beaux jours de mon enfance
Sur lesquels ma vie a glissé !
Croire au bonheur était folie
Et son mirage était trompeur!
Oui! car le livre de la vie
A pour préface le bonheur!

LE JOUR DE L'AN.

1er JANVIER 1852.

A MA MÈRE ET A MES FRÈRE ET SŒURS.

En ce jour où l'âme s'éveille
Sous l'auréole du plaisir,
Où l'espérance ouvre l'oreille
Aux doux propos de l'avenir,
Je viens aussi dans cette fête
Offrir mon faible contingent,
Je veux aussi payer ma dette
A l'aurore du nouvel an!

A toi d'abord, ma bonne mère,
Les plus beaux épis de mes vœux !
A vous, mes sœurs, à toi, mon frère,
Tout ce qu'il en reste de mieux !
Puisse le flot des destinées
Vous bercer sur des bords riants !
Puisse la grappe des années
N'avoir que des grains bienfaisants !

Si Dieu pour moi laisse la peine,
Qu'il vous réserve ses bienfaits !
Moins lourde me serait ma chaîne
Si ces vœux étaient satisfaits !
O Dieu ! dans ta toute-puissance,
Guide les élus de mon cœur
Près du foyer de l'abondance
Et sous l'étoile du bonheur !

Cache tes traits, hideuse envie !
Va donc museler tes serpents !
Et toi sa fille, ô calomnie !
Que tes complots soient impuissants !
Et toi, destin, dans tes caprices,
Brise la chaîne des revers !
Et que le vent des maléfices
Epargne ceux qui me sont chers !

Battu toujours par la tempête
Moi, je n'attends plus rien du sort!
Plus rien d'heureux!.... et sur ma tête
L'orage promène la mort!
J'ai longtemps fatigué ma vie
Sur la route du désespoir!
L'heure d'espérance est finie....
Je ne saurais plus la revoir!

Ainsi, je commence l'année
Comme je dois la voir finir!
Souffrir, sera ma destinée,
Souffrir est tout mon avenir!
D'un demi-siècle d'existence
Je verrai la fin en prison,
Et puis après.... pour espérance...
Encore plus d'une saison.

Mais pardon! ô vous tous que j'aime,
Qui pleurez ma captivité,
Si je vous ramène moi-même
Au temple de l'adversité!
Pardon! de ces tristes pensées!
En ce jour, fait pour le plaisir,
Oubliez mes peines passées
Et fuyez celles à venir.

De l'histoire de votre vie
Ne songez plus qu'aux jours heureux !
Oubliez l'étoile pâlie!...
De mon cœur acceptez les vœux!...
Et puis, que votre main arrache
La page où figure mon nom,
La triste page où je fais tache [1]
Comme un point noir à l'horizon.

[1] Tache aux yeux de mes ennemis, mais cette tache n'a pu mordre sur ma conscience.

A MON ARDOISE.

ÉPITRE.

A toi! mon ardoise chérie!
A toi! le lot de recueillir
Les larmes de la poésie
Et les regrets du souvenir!
En ces lieux où brille la flamme
De la fournaise de la loi,
Pour confidente de mon âme,
Mon ardoise je n'ai que toi [1]!

---

[1] Dans les maisons centrales, il n'est permis d'avoir ni papier, ni plumes, ni encre, ni crayons. Dans la maison de Loos, où j'étais, tous les toits sont recouverts en ardoises et lorsque le vent en fait détacher, les prisonniers s'en arrachent les débris pour s'amuser à dessiner ou à écrire dessus, ce qui est également défendu. Cependant les gardiens le tolèrent presque toujours.

Tu sais mes secrètes pensées
Mieux qu'un ministre de l'autel !
Tu sais mes actions passées
Comme celui qui trône au ciel !
Comme lui tu connais mes vices
Et mes erreurs et mes vertus !
Pour toi je n'ai point d'artifices,
Mon âme et mon cœur sont tout nus.

Oui, tu le sais, ma triste histoire
Est variable en sa moisson !
Ici, des lauriers, de la gloire,
Là, de la honte et la prison !
Ici, les fleurs de l'opulence
Avec les délices du cœur !
Là, les ronces de l'indigence
Et les angoisses de l'honneur !

L'honneur ! à ce mot je frissonne !
Et mon cœur bat rapidement !
Je le connais mieux que personne
Et dans mon cœur il est vivant !
Et pourquoi donc la calomnie
Vient-elle me le disputer ?
Pourquoi du sceau de l'infamie
Prétendrait-elle me doter ?

A ceux dont la main téméraire
Osa toucher à ce trésor,
Eux qui n'ont pu me faire taire
Pour des honneurs ni pour de l'or [2],
Dis-leur que, malgré leur science,
Impuissante fut leur fureur,
Car j'ai sauvé ma conscience
Dans le naufrage de l'honneur!

Qu'ai-je donc fait pour que la haine
Vienne s'acharner contre moi ?
Du malheur je subis la chaîne
Et je la brave sans effroi.
Pourquoi faut-il que la vengeance,
Suivant des détours sinueux,
Empoisonne mon existence
Et brise un cœur bon, généreux ?

Quand se réveillait la tempête,
Quand grondait l'orage des cœurs,
Ai-je de ma voix de poète,
Souillant la robe des neuf sœurs,

[1] En 1835, sous Louis-Philippe, et lorsque je publiais *Tisi-phone*, on est venu m'offrir un emploi et de l'argent si je voulais me taire. Il n'appartenait pas au successeur de Barthélemy de l'imiter.

Soulevé les flots de la haine,
Poussé les esprits irrités,
Avec une joie inhumaine,
Sur le cadavre des cités ?

Non, jamais! J'ai quitté ma lyre
Pour me mêler aux combattants,
Pour étouffer dans son délire
Toute la horde des méchants.
Au premier cri de la patrie
Toujours je me suis présenté,
Trop heureux d'exposer ma vie
Pour une sage liberté.

Hélas! en côtoyant la vie
Je rencontrai la vérité;
J'en fis aussitôt mon amie
Et je m'épris de sa beauté.
Pour elle j'attaquai le vice
Assis sur les hauts échelons;
Du mensonge je fis justice,
J'otai le masque aux plus grands noms!

J'ai flétri de ma voix sévère
Tous les faux dieux du bon vieux temps,
Mais j'ai blâmé le savoir-faire
De ces novateurs ignorants

Dont la science vagabonde,
Enervant les ressorts du cœur,
Voudrait sur l'essieu d'or du monde
Asseoir l'empire de l'erreur.

Voilà mes forfaits et mes crimes !
Défenseur de la vérité
Je lui dus l'éclat de mes rimes
Et mon peu de célébrité !
Mais on redoute la satire !
J'ai dû payer cruellement
Et le courage de tout dire
Et la peinture du méchant.

Mais vois cette enceinte où me traîne
La vengeance à l'œil enflammé !
Vois-tu ces ressorts que la haine,
Fait mouvoir contre l'opprimé...
Je vois, j'écoute sans rien dire :
Devant ce coup inattendu
Je suis atteint par le délire.....
Le fatal arrêt est rendu !

Et puis, par la ruse voilée
Tenant en main tous ses serpents
La calomnie échevelée
M'étourdit de ses sifflements.

Devant sa voix accusatrice
Mon courage fut impuissant...
On tremble devant la justice
Alors que la justice ment.

Mais entends cette voix plaintive
Que répète un écho lointain !
Sur l'aile du zéphir arrive
Jusqu'à moi son timbre argentin !
Ah ! je lui dois un sacrifice
Tout de respect et tout d'amour,
Car c'est la voix consolatrice
De celle à qui je dois le jour.

Pauvre mère ! de lourds nuages
Viennent assombrir ton couchant ;
Quand ton œil, au sein des orages,
Voit souffrir ton fils innocent,
Tu pleures sur son agonie ;
Et lui pleure de ta douleur !...
Ma mère, ils ont flétri ma vie,
Ils n'ont pas pu faner mon cœur.

Ah ! oui, tes larmes sont mes larmes !
Ainsi que l'amour maternel
L'amour filial a ses charmes,
Car dans le cœur est son autel !

Pour qui nous donna l'existence,
Dans la tourmente des hasards,
C'est une douce récompense,
C'est la couronne des vieillards !

Des vertus les larmes sont mères !
Hélas ! j'en ai beaucoup versé,
J'ai par de bien longues misères
Payé les fautes du passé.
A la mort mon âme soumise
Attend beaucoup de l'Eternel,
Car le malheur, nous dit l'Eglise,
Est un des marche-pieds du ciel !

Mais je fatigue ton oreille
Sans cesse de lugubres chants.
Et je t'endors et je t'éveille
Avec de douloureux accents.
Hélas ! dans ce séjour infâme
Où la vengeance m'a jeté,
Je ne peux revêtir mon âme
Que du deuil de la liberté.

Ah ! je voudrais, sur ta surface
Faire folâtrer la gaîté,
Et, fuyant le malheur qui glace,
Peindre les feux de mon été,

Oui ! mais les cordes de ma lyre,
Suivent le mouvement du temps,
Et se détendent pour me dire :
Tu prends l'hiver pour le printemps.

Amie, après les jours d'orages
Viendra l'étoile du repos !
Quand fuiront comme les nuages,
Toutes les brumes de mes maux,
Près de moi, ma fidèle amie,
Je veux, dans un cadre d'honneur,
Te conserver toute ma vie
Comme relique du malheur.

LA CROIX D'HONNEUR.

ROMANCE.

Bien jeune encor je quittai mon village,
Car mon pays me demandait mon bras !
J'étais robuste et j'avais du courage,
Et le danger ne m'épouvantait pas !
Je dis alors à ma mère attendrie :
« Ne pleurez point, mère, n'ayez pas peur !
« Je le pressens, Dieu me prêtera vie...
« A mon retour, j'aurai la croix d'honneur ! »

J'ai combattu depuis aux Pyramides,
Aux champs d'Arcole, à ceux de Marengo
Jamais la mort dans ses bras homicides,
Ne m'étreignit, pas même à Waterloo !

Mais j'y reçus ma douzième blessure!
Je la gagnai pour sauver l'Empereur!
Un sabre anglais laboura ma figure....
Je n'avais pas encor la croix d'honneur!

Mais en ce jour, fatal à la patrie,
Napoléon, trahi par le destin,
N'oubliant pas qu'il me devait la vie
N'en remit point le prix au lendemain!
Et de la gloire, hélas! ce grand apôtre,
En m'en posant l'emblème sur le cœur,
Me dit : Ma main n'en donnera plus d'autre!...
Je pleurai... mais... j'avais la croix d'honneur!

L'Empire mort, on nous mit à la porte!
Nous, vieux soldats, on dut nous outrager!...
Un roi français voulait une autre escorte,
Car il rentrait derrière l'étranger!...
Le cœur navré je gagnai ma chaumière!
J'y pus, du moins, endormir ma douleur
En embrassant ma vieille bonne mère,
Et la pressant contre ma croix d'honneur!

Enfin, courbé sous les glaces de l'âge,
Mes souvenirs réveillent mon printemps!
Près d'arriver à la fin du voyage
La vie encor m'offre de doux instants!

J'ai su braver le choc de la misère;
Mais si, parfois, m'effleure le malheur,
En regardant ma vieille boutonnière,
Je suis heureux!... j'y vois ma croix d'honneur!

L'HORPHELINE.

ROMANCE.

Elle pleure, l'infortunée !
Elle est désormais sans parents !
Sa mère est morte cette année,
Elle est orpheline à quinze ans !
Ses jours passent dans l'agonie
Du désespoir de la douleur !...
Sa mère, hélas ! c'était sa vie,
C'était son âme, son bonheur !

Ah ! qu'on lui parle d'espérance,
Ou de l'oubli qui suit le temps !
Rien ne peut calmer sa souffrance
Tous les conseils sont impuissants !

On guérit d'une maladie,
Jamais des blessures du cœur!
Sa mère, hélas! c'était sa vie,
C'était son âme, son bonheur!

Voyez-là, vers le cimetière,
Chaque jour diriger ses pas!
Là, sur la tombe de sa mère,
Ses larmes ne tarissent pas!
Ce séjour qui lui fait envie
D'un doux espoir nourrit son cœur...
Sa mère est là!... c'était sa vie,
C'était son âme, son bonheur!

Mais la fièvre qui la dévore,
Sur cette tombe la surprend!
La mort qui la respecte encore,
A son appel enfin se rend!...
Mourir! c'est vivre, elle s'écrie:
Du ciel j'entrevois la splendeur;
J'y vois ma mère, c'est ma vie!
C'est là mon âme, mon bonheur!

LE ROSIER.

ROMANCE.

Regardez cette jeune fille,
Dont la candeur sur le front brille,
Courir, dès l'aube du matin,
Sur le tapis d'un beau jardin!
Là, d'un petit rosier qu'elle aime,
Elle vient guetter la santé,
' Car elle en prend soin elle-même,
Et c'est elle qui l'a planté.

Qu'avec joie elle pose,
Dans son panier d'osier
Pour sa mère, une rose
De son rosier!

Elle le suit dans sa croissance,
Elle sourit à la naissance
De chaque bouton qu'il produit;
Tout son bonheur semble être en lui !
Hélas! au printemps de la vie,
Elle est vierge de tout chagrin!
Plaire à sa mère, est son envie;
Et c'est pourquoi chaque matin

Avec joie elle pose,
Dans son panier d'osier,
Pour sa mère, une rose
De son rosier!

Mais, une nuit, vient un orage
Qui détruit tout sur son passage!
La pauvre fille, en se levant,
Vers son rosier court en tremblant....
L'orage en a brisé la tige!...
Rien ne peut peindre sa douleur,
Et pour sa mère elle s'afflige!
Pourtant, à défaut de la fleur,

En pleurant elle pose,
Dans son panier d'osier,
Les débris d'une rose
De son rosier!

A UNE HIRONDELLE.

ROMANCE.

Combien je t'aime, oiseau fidèle
A tes goûts comme à tes penchants!
Combien j'aime, tendre hirondelle,
Ton doux caquet, tes jolis chants!
Tu pars, petite! bon voyage!
Adieu! jusques à l'an prochain!
Qu'alors ta voix, au doux présage,
Soit encor mon réveil-matin!

[1] Pour être correct   eût fallu dire :
Réveille-matin, mais j'ai pensé que dans une romance je pouvais me permettre cette licence poétique, nécessitée par la mesure du vers.

La liberté t'est naturelle !
Ton aile bat tous les climats !
Dans l'air ta fuite est éternelle !
Mais, je le sais, tu reviendras !
Oui ! pour mon bonheur, reviens vite !
Reviens réveiller ma gaîté !
Car ton doux chant toujours invite
A rêver la prospérité !

D'un monde à l'autre tu promènes
Ta grâce et ton agilité.
Tous ces mondes sont tes domaines,
Des abris dans l'adversité !...
Moi, le chagrin toujours m'appelle !
Pour l'endormir il faut tes chants,
Car, comme toi je n'ai point d'aile
Pour me dérober aux méchants !

ADIEUX A LA SATIRE POLITIQUE.

Ah! je le savais bien! lorsqu'au front des méchants,
J'imprimais sans pitié mes satiriques chants,
Je savais que sur moi j'amassais bien des haines,
Qu'il me faudrait payer mes rimes citoyennes !
Je n'ai pas reculé devant un avenir
Dont j'avais tout à craindre et beaucoup à souffrir.
Hélas! pendant vingt ans, sentinelle avancée,
Ma muse n'a jamais déguisé sa pensée;
Et sachant bien qu'au but l'attendait la prison,
Par une lâcheté n'a pas sali mon nom.
Il m'en souvient encor! dans l'arène publique,
Où tonna si souvent ma voix patriotique,
Mon courage grandit aux regards de tous ceux
Qui battirent des mains à mes vers généreux,
Et qui, quand j'affrontais les bastions des vices,
Ont de quelques lauriers couvert mes cicatrices.
Je n'ai jamais voilé la moindre vérité,
Je n'ai jamais manqué de cœur, de liberté!...

Si je viens déposer le fouet de la colère,
On ne me dira pas peut-être, je l'espère,
Tu trahis tes serments!… Je les ai tous tenus!
Je n'aurais pas subi des tourments inconnus,
Si, mesurant les maux qu'entraîne la satire,
J'avais su modérer mon ardeur de tout dire.
O vous qui blâmez tout, vous ne saurez jamais
Combien m'ont coûté cher quelques vers indiscrets!
C'est peu de la prison les cruelles alarmes!
Mais des motifs plus grands m'ont fait verser des larmes!
Privé de mon repos, privé de liberté....
Ce n'était rien! mais voir toucher ma probité!…
Ah! je m'arrête ici! car mon cœur saigne encore!
A certains souvenirs l'âme se décolore!
Et puis, l'âge a ses droits et le temps ses décrets;
De l'un et l'autre il faut comprendre les arrêts!
En battant trop longtemps une route tracée
Plus de vingt mille vers ont usé ma pensée.
Je veux la retremper dans un climat plus sain,
Et la satire peut suivre un autre chemin!
On peut fronder les mœurs et non la politique
Sans perdre pour cela sa foi patriotique [1].

---

[1] Nous devons tous comprendre ce que les circonstances exigent : l'intérêt de notre pays doit dominer les passions politiques. L'union fait la force, il ne faut pas l'oublier! Je crois qu'on peut aider le progrès intellectuel sans agiter des questions dangereuses souvent pour ceux qui les posent. La satire de mœurs offre encore un champ vaste au poète. C'est ce champ que je veux désormais défricher.

NAPOLÉON ET LA GRANDE ARMÉE.

J'ai publié en 1841, *Napoléon et la Grande-Armée*, lors de l'inauguration de la colonne de Boulogne. On doit se souvenir qu'à cette époque nous étions menacés de la guerre avec l'Angleterre et les expressions qui pourraient aujourd'hui choquer certaines susceptibilités étaient alors de circonstance. Si je publie de nouveau cette ode, à la suite des *Larmes du Prisonnier*, loin de vouloir réveiller les vieilles haines entre la France et l'Angleterre, je n'ai pour but que de rappeler, comme je le faisais alors,

ce que la France est capable de faire. Je suis
heureux, au contraire, d'oublier les vieilles rancunes et je m'applaudis de les voir étouffées
dans l'intérêt de la civilisation contre la barbarie.
Les deux nations les plus libérales de l'Europe
se sont comprises. Honneur à elles ! et j'espère
que le but glorieux qu'elles veulent atteindre ne
leur échappera pas. Au lieu d'une seule grande
armée nous en aurons deux réunies, pour vain-
cre celui dont l'ambition tend à dominer le
monde.

Je n'ai rien changé à l'édition de 1841 dans
celle que je publie aujourd'hui, afin qu'on ne
puisse pas me reprocher la moindre intention
malveillante. Je n'ai qu'un mot à dire : — J'aime
mon pays, sa gloire est mon idole et nous som-
mes arrivés à un moment où nous devons tous,
sans distinction de parti, nous réunir pour la
défendre.

NAPOLÉON ET LA GRANDE ARMÉE.

La gloire n'est donc pas une vaine fumée
Que nous lègue en passant l'active renommée?
Quand sur le front d'un peuple ont brillé ses rayons,
De son grand souvenir la sublime puissance
Germe donc dans les cœurs, fructueuse semence,
    Comme le grain dans les sillons?

Ah! oui, car dans ses jours d'apathie et de honte,
Un grand peuple souvent vers son passé remonte;
Et comptant les exploits acquis par ses guerriers,
Il se sent rajeunir, et capable peut-être,
S'il le fallait, un jour, de faire encor connaître
    Comment se cueillent les lauriers.

Salut! ô monument que Boulogne se donne!
Salut! cent fois salut! historique colonne,
Qui rappelle aujourd'hui tant de souvenirs saints!
Ici doit s'éclipser toute autre renommée!
Tout doit pâlir enfin devant la Grande Armée
     Et devant l'homme des destins.

Qu'êtes-vous devenus, rois de divine essence,
Dont la gloire jamais n'éclaira la puissance ?
Vos noms se sont éteints dans la nuit du néant,
Votre sceptre de fer ne put vous en défendre,
Et le vent de l'oubli balaya votre cendre
     Dans les gouffres de l'Océan.

Les peuples, abrutis sous vos lois mensongères
Adoraient en tremblant vos droits imaginaires !
Pouvaient-ils se livrer aux sublimes élans,
Que la liberté souffle aux âmes citoyennes ?
Il fallait pour cela qu'ils brisassent leurs chaînes
     Au feu des laves des volcans.

Enfin, la France un jour, sentinelle avancée,
Reprit des mains des rois sa dignité froissée !

Mais il fallut lutter avec témérité!..
Elle fut grande, et grande en ce moment suprême!....
De la gloire elle avait reçu le saint baptême
    De la main de la liberté.

Rien ne put résister au torrent populaire;
Rien ne put arrêter la sublime colère
Du grand peuple; et les rois, à ce bruyant réveil
S'émeuvent, et bientôt vingt ligues sont formées,
Et la France combat contre quatorze armées
    Et les foule sous son orteil.

L'enthousiasme avait un pouvoir électrique;
De prodige en prodige allait la République;
Et les rois ameutés qui s'armaient contre nous,
Refoulés et vaincus, ont imploré la France!...
Ils apprirent enfin ce qu'est dans la balance,
    Un grand peuple en courroux.

Dans ce grand mouvement, marqué par tant de gloire,
Apparut un héros qu'adopta la victoire :
Gigantesque génie, il toisa l'univers;
Sur le corps social il apposa sa sonde,
Et de son bras puissant il remua le monde,
    Et voulut lui donner des fers.

Et l'Empire éleva la France jusqu'aux nues !
La victoire suivit des routes inconnues,
Et le dieu de la guerre était celui des lois ;
Napoléon partout ensemençait la gloire,
Et, roi des rois, enfin, à son char de victoire,
      Il attachait souvent des rois.

Sur tout ce qu'il touchait rayonnait son génie,
Jamais il ne laissait une offense impunie,
La France était vengée avec sévérité ;
Et même en le blâmant elle l'aimait encore,
Lorsque sous les lauriers du drapeau tricolore,
      Il étouffait la liberté.

En ce jour solennel que tout reproche expire !
Oublions aujourd'hui les fautes de l'Empire ;
Aux erreurs d'un grand homme accordons des soupirs !
A qui nous fit si grands, il faut bien qu'on pardonne...
Napoléon domine au haut de la colonne
      Qu'on élève aux beaux souvenirs !

Boulogne, dans ton sein il fallait son image !
Avec sa Grande Armée il foula ton rivage ;
Tout te parle de lui ! Les enfants d'Albion
Se souviennent aussi comment sous tes murailles,
Bravant tous leurs vaisseaux, dans plus de dix batailles
      Les repoussa Napoléon.

Voyez ces vieux débris de nos vieilles armées!
Voyez ces vieux soldats, ces vieilles renommées,
Accourir à l'envie au pied du monument!
Ah! c'est qu'ils ont marché sur les chemins d'épines;
Au culte de l'honneur, dans ces vieilles poitrines,
  Jamais, jamais le cœur ne ment!

Devant ces vieux guerriers qu'épargna la mitraille,
D'un charme glorieux tout cœur français tressaille!
On se reporte aux jours d'immortelle splendeur
Où le grand capitaine, assis sur ce rivage,
Pour la première fois, en faveur du courage,
  Distribua la croix d'honneur.

Depuis lors, quarante ans ont passé sur nos têtes!...
Douze ans, on vit encor l'étoile des conquêtes
Dans plus de cent combats briller d'un éclat pur!...
Et puis l'astre pâlit comme la Providence
Qui veilla si longtemps aux destins de la France...
  L'avenir perdit son azur!

L'étranger vint souiller cette terre des braves,
De grands que nous étions nous devînmes esclaves...
Que de honte, grand Dieu! pour un jour de revers!
Dans un dernier combat contre l'Europe armée,
La trahison perdit une autre Grande Armée
  Et notre rang dans l'univers.

Sur ce triste tableau jetons un sombre voile!
Peut-être un jour encor brillera notre étoile :
Car si la gloire dort elle ne meurt jamais!
Sœur de la liberté, comme elle, elle dispense
Des dons innattendus... peut-être qu'à la France
      Elle réserve des bienfaits!

Et vous qui l'insultez, cette France chérie,
Qui la croyez petite, énervée et flétrie,
Souvenez-vous des jours de Marengo, Breslau,
Austerlitz, léna, puis tant d'autres encore!...
Quand de ces jours brillants notre France s'honore,
      Vous, vous n'avez qu'un waterloo!

A genoux donc, ici devant cette colonne!
Insolents! à genoux! venez, qu'on vous pardonne!
Que le *vaincu-vainqueur*, que l'heureux wellington
Fixe le monument... mais ce n'est point sa place!
Il serait trop petit s'il regardait en face
      L'image de Napoléon!

Ah craignez de ce nom les dangereux prestiges!
On peut s'en inspirer pour de nouveaux prodiges!
Vous prenez pour la peur la longanimité!
La France de vos cris ne peut être alarmée!
Elle a de quoi former une autre Grande Armée
      En réveillant la liberté.

TABLE DES MATIÈRES.

www.ingramcontent.com/pod-product-compliance
Lightning Source LLC
Chambersburg PA
CBHW061701180626
46818CB00003B/1207